Suzan

Luna

Anniek

Joost

Stijn

...itt

Vivian den Hollander

Supersticks

Hockeyhelden

Met illustraties van Saskia Halfmouw

Van Holkema & Warendorf

Voor Boris

ISBN 978 90 475 0863 2
NUR 282
© 2009 Uitgeverij Van Holkema & Warendorf,
Unieboek BV, Postbus 97, 3990 DB Houten

www.unieboek.nl
www.viviandenhollander.nl
www.saskiahalfmouw.nl

Tekst: Vivian den Hollander
Illustraties: Saskia Halfmouw
Omslagontwerp: Hans den Hollander
Zetwerk binnenwerk: ZetSpiegel, Best

De training

'Luna, verdedigen!' roept Britt.

'Ja, Luna, ga erop af!' Suzan heeft stiekem zin om haar teamgenoot vooruit te duwen.

Waarom staat ze zo sloom voor zich uit te staren? Dat doe je toch niet midden in een partijtje!

Ze hebben net een pittige training gehad, dat is waar. Maar een wedstrijdje ter afsluiting is dan toch leuk?

Suzan speelt hockey in ME2, met nog zeven andere meiden.

'Beetje tempo, Luna,' roept Anniek, de trainer, nu ook.

Luna heeft eindelijk door dat ze tot actie moet overgaan. Ze trekt een sprintje en wil de bal wegtikken.

'Dat gaat niet door!' Jet, in een geel hesje, komt eraan gerend. Ze past de bal in de richting van Amber. Amber, ook in het geel, krijgt de bal in bezit en geeft een keiharde mep.

'Drie-één voor de gele panters!' juicht ze.

Jammer, denkt Suzan.

Als Luna daarna weer een bal mist, baalt ze helemaal. Niet

omdat ze zo graag wil winnen. Daarvoor stelt dit partijtje vier tegen vier te weinig voor. Maar zaterdag moet er wel goed gespeeld worden. Tot nu toe hebben ze alle wedstrijden gewonnen, dus ze moeten er echt voor gaan!
Het lijkt of Britt haar gedachten raadt. Ze loopt naar Suzan en mompelt: 'Als Luna zaterdag zo slecht speelt, verliezen we vast.'

'Oké, meiden, dat was het voor vandaag,' roept Anniek even later. 'Spullen verzamelen en daarna zie ik jullie bij de dug-out.'

'Even wat drinken, hoor. Ik ben uitgedroogd.' Suzan haalt haar bitje uit haar mond en loopt naar haar tas. Er zit nog een pakje sap in en ze neemt gauw een paar slokken.

Zo, dat helpt. Ze heeft de laatste tien minuten echt keihard gerend.

Gelukkig niet voor niets. Door haar voorzetten lukte het Britt twee doelpunten te maken. En zo is het partijtje toch nog geëindigd in gelijkspel.

Suzan neemt nog een slok en begint de pionnen op te rapen.

'Die is voor mij,' hoort ze dan. Britt rent samen met Amber op een verdwaalde bal af. Wie zou er sneller zijn?

'Hebbes!' Britt haalt uit en raakt als eerste de bal. Die landt keurig in de ballentas.

'Wauw! Dat was knap!' Suzan begint te klappen.

'Dank je!' Britt buigt elegant en tilt daarna kort haar rokje op.

Suzan schiet in de lach. Die gekke Britt.

Toen ze pas in het team zat, was ze vaak stil en verlegen. Nu is daar weinig meer van te merken.

Als Suzan even later naar de dug-out loopt, zijn de anderen er al.

Alleen Luna leunt nog tegen het hek langs het veld en staart met een nors gezicht voor zich uit.

Britt vraagt bezorgd: 'Wat is er met Luna? Heeft Joost een verkeerde opmerking gemaakt?'

'Geen idee.' Suzan kijkt naar haar tweelingbroer die verderop aan het trainen is. Ze weet dat Luna hem heel leuk vindt.

'Zijn we er allemaal?' vraagt Anniek.
Britt wijst naar het hek. 'Luna moet nog komen.'
Anniek zet meteen haar vingers in haar mond en fluit.
Het heeft effect, want Luna hijst haar hockeysokken op en
komt eraan gesjokt.
'Is er wat?' vraagt Anniek, als Luna op haar hurken voor de
dug-out gaat zitten.
'Hoezo?'
'Je kijkt zo boos.'
'Zo beter?' Luna trekt haar mond tot een glimlach.
'Ja, zo ken ik je weer,' zegt Anniek.
Maar Suzan merkt dat Luna er weinig van meent.

Anniek haalt intussen een stapel gele briefjes uit haar tas en deelt ze uit.

'Komt er weer een tweedehandskledingbeurs?' vraagt Amber. 'Zou goed uitkomen, want mijn polo wordt te klein.'

'Op deze flyer staat informatie over zondag,' legt Anniek uit. 'Dames 1 speelt dan een belangrijke wedstrijd. Het zou leuk zijn als jullie allemaal komen kijken.'

'Ik kom. Zeker weten!' zegt Amber. 'Anniek, jij speelt toch ook in dat team?'

Anniek schudt haar hoofd. 'Omdat ik veel last van blessures heb, ben ik naar Dames 2 gegaan.'

Jet begint met het briefje te wapperen. 'Weet je wat hier

staat? Ieder jeugdlid dat aanwezig is, maakt kans op de wedstrijdbal.'

'Dan kom ik ook.' Britt is meteen enthousiast.

'Wij gaan samen!' roept Suzan, terwijl ze opspringt. 'O nee, toch niet.' Ze zakt teleurgesteld terug op de bank. 'We gaan naar mijn oma. En ik denk niet dat mijn moeder het goed vindt als ik alleen thuisblijf die dag.' Ze tikt op Luna's schouder. 'Ga jij wel?'

'Misschien.' Luna klinkt niet erg geïnteresseerd. Ze veegt haar stick schoon aan haar kous en vraagt: 'Kunnen we gaan?'

'Wacht even,' zegt Anniek. 'We moeten het nog over zaterdag hebben. We spelen uit tegen HCG, zoals jullie weten. En dit keer rijden de ouders van...' Ze haalt een briefje uit haar zak. 'Die van Suzan, Jet en Liselot.'

Suzan knikt. Ze had het al van haar moeder gehoord. 'Hoe laat moeten we verzamelen?'

'Om kwart over acht.'

'Zo vroeg?' Er klinkt gekreun uit de groep.

'En dan is er nog wat,' zegt Anniek. Ze lacht geheimzinnig. 'Maar dat vertel ik pas als de jongens klaar zijn met trainen.'

Ze wijst naar het team van Joost en Stijn.

Luna

'Toe! Zeg ons alvast wat er is!' Jet probeert Anniek over te halen.

Maar ze blijft zwijgen. Wel haalt ze alvast een hoge pylon achter het doel vandaan.

Waar zou ze die voor nodig hebben? denkt Suzan.

Ze loopt alvast naar het team van haar broer. De jongens zijn nog bezig met een partijtje en Joost holt met een rood hoofd over het veld.

'Vooruit, dat kan best een beetje sneller!' Suzan houdt er wel van om haar broer te stangen. En vanmiddag riep hij hetzelfde tegen haar toen ze niet snel genoeg haar fiets uit het schuurtje trok.

'Bemoei je met je eigen zaken!' Joost kijkt geërgerd opzij en verliest daardoor de bal aan Stijn.

'Kom op, erachteraan!' Suzan blijft haar broer aanmoedigen.

'Doe niet zo fanatiek, zeg!' Luna is naast haar komen staan. 'Zonet deed je ook al zo tegen mij.'

'Ik? Waar heb je het over?' Suzan schrikt van het boze gezicht van Luna. Ze weet dat haar vriendin nogal gauw op haar teentjes is getrapt. Dat is ze in de klas ook vaak.

'Zeg op, wat is er?' dringt Suzan aan.

'Het komt allemaal door Britt,' mompelt Luna.

'Door Britt?'

'Sinds zij in het team speelt, doe je net zo fanatiek als zij. Ik zag jullie wel naar me kijken toen ik de bal miste!'

Suzan weet even niets te zeggen. Ze baalde inderdaad zonet van Luna, maar dat had te maken met haar inzet.

'We spelen toch allemaal fanatiek,' probeert ze dan. 'Anders hadden we dit seizoen nooit zo veel wedstrijden gewonnen!'

Luna reageert niet. En als Britt eraan komt, draait ze zich snel om.

Suzan besluit niets over het voorval te vertellen. Ze is het trouwens helemaal niet met Luna eens. Want Britt speelt niet fanatiek, ze is gewoon keigoed.

Zou Luna soms jaloers zijn op Britt?

Vijf minuten later is het team van Joost eindelijk klaar met trainen.

Ze zijn verbaasd als de meiden van ME2 om hen heen komen staan.

'Wat krijgen we nou?' Joost doet alsof hij er verlegen van wordt en duikt weg achter Stijn.

'Anniek wil ons wat vertellen,' legt Britt uit.

'Help!' Joost kreunt. 'We moeten toch niet voortaan samen gaan trainen?'

'Leuk toch?' Luna kijkt hem verliefd aan.

En Stijn roept: 'Nou, om eerlijk te zijn: mij lijkt gemengd trainen wel wat!'

Amber pakt lachend zijn arm. 'Ja, kom maar bij ons spelen.'

Als Anniek er is, gaat iedereen gauw op het gras zitten. 'Mag ik even jullie aandacht?' vraagt ze. Ze wijst naar de omgekeerde pylon in haar hand.

'Nee, toch!' Joost gaat vermoeid op zijn rug liggen. 'We gaan toch niet nóg een partijtje doen?'

Anniek schudt haar hoofd. 'Wees maar niet bang. In deze pylon zitten briefjes met de namen van de spelers van deze twee teams. Straks halen we één naam eruit. En die mag...?'

Iedereen luistert vol aandacht.

'Die mag zondag Mini van de week zijn,' gaat Anniek door. 'Bij de wedstrijd van Dames 1.'

'Jie-hee!' Veel kinderen beginnen te juichen. Eindelijk is een speler uit een van hun teams aan de beurt.

En Suzan fluistert: 'Wat zou ik dat graag willen zijn!' Want een Mini van de week mag aanwezig zijn bij de voorbespreking en de bal uitnemen. Ze leest er wel eens over in het clubblad.

Britt kijkt intussen gespannen naar Jet, die een briefje uit de pylon mag halen.

Ze vouwt het langzaam open en zegt: 'De Mini van deze week is... Koen!'

Het blijft stil op het veld en iedereen kijkt rond. Waarom zegt Koen niets? Dit is toch geweldig nieuws?

'Koen is ziek vandaag,' roept een van de jongens dan.

Joost springt op. 'Zal ik stand-in voor hem zijn?'

Anniek glimlacht. 'Nee, Joost. Jouw beurt komt vanzelf. En ik denk dat Koen zondag vast beter is. Jullie komen toch wel kijken hoe hij het doet?'

'Tuurlijk!' roepen Stijn en een heleboel andere kinderen.

'Tot zondag dan,' zegt Anniek. 'En ME2, jullie zie ik zaterdag nog bij het clubhuis. Denk eraan: we vertrekken vroeg.'

Suzan knikt en zwaait haar trainer na.

Dan kijkt ze waar Luna is. Zal ze even iets aardigs tegen haar zeggen? Luna trekt zich alle kritiek altijd veel te snel aan.

Maar ze loopt al in de richting van de kleedkamer.

Britt is nog wel op het veld. Zij staat te praten met Stijn en Joost. 'Hebben jullie al gehoord dat de wedstrijdbal wordt verloot?' vraagt ze.

Joost schudt zijn hoofd. 'Nee, nog niet. Maar die wil ik wel winnen!'

'Weinig kans,' zegt Britt lachend. 'Die ga ik winnen! Ik ben dit weekend bij mijn vader, dus ik mag vast naar het veld.'

Stijn pakt haar arm. 'Ben je bij ons op de camping?'

Sinds Britts ouders gescheiden zijn, woont haar vader tijdelijk in een stacaravan. Die staat op de camping van de ouders van Stijn.

Britt knikt. 'Hé, Stijn. Zullen we dan weer gaan roeien?'

Joost bemoeit zich ermee. 'Roeien? Watertrappelen bedoel je zeker!' Hij doet het geluid na van een leeglopende boot. 'Die rubberboot van Stijn is toch meestal lek?'

Zijn vriend grinnikt. 'Klopt. Omdat ik Britt niet nat wilde laten worden, zijn we met de roeiboot van mijn vader gegaan.'

'Met dat grote ding?'

'Ja. Echt cool, man. Het duurde even voordat we met de roeispanen overweg konden. Toen dat lukte, gingen we best hard.'

'Al was ik toch nog drijfnat,' zegt Britt.

Suzan schiet in de lach. 'Mag ik ook een keer mee?'

'Van mij wel,' antwoordt Stijn. 'Onze boot is groot genoeg.'

'Maar zondag kan ik jammer genoeg niet,' zegt Suzan. 'Dan moet ik naar mijn oma.'

'Gaan we naar oma?' Joost kijkt teleurgesteld. 'Dat is pech. Ik had graag naar het veld willen gaan.'

Suzan is het met hem eens. Ze is dol op haar oma. Toch zou ze er veel voor overhebben als ze dit keer het bezoek kon overslaan.

Joost schiet te hulp

Als Suzan thuiskomt, heeft haar moeder net theegezet.

'Wil je een kopje?' vraagt ze.

Suzan antwoordt niet en gaat met een somber gezicht aan tafel zitten.

'Is er wat?' Haar moeder kijkt bezorgd.

Als Suzan voor zich uit blijft staren, komt ze naast haar zitten. 'Is er iets gebeurd tijdens de training? Of is je nieuwe stick kapot?'

Suzan schudt zwijgend haar hoofd.

'Wat is er dan?'

Suzan zucht diep. 'Mam, moet ik zondag echt mee naar oma? Of mag ik een keer thuisblijven?'

Haar moeder schenkt een kopje thee in. 'Dat lijkt me geen goed idee. De vorige keer dat jij thuisbleef, vloog er een hockeybal door de ruit van de deur.'

'Dat was vorig jaar!' De stem van Suzan klinkt verontwaardigd. 'En dat was trouwens niet mijn schuld, maar die van Joost. Want hij bleef toen ook thuis.'

'Wat was mijn schuld?' Joost komt de kamer in.

'Dat de ruit van de voordeur kapotging,' zegt Suzan.

'O, toen...' Joost grinnikt. 'Maar jij wilde toen toch een wedstrijdje doen in de gang?'

'Niet! Dat was jij!' Suzan kijkt haar broer boos aan. Waarom verdraait hij altijd alles wat er is gebeurd?

Ze neemt een slok thee en probeert het opnieuw: 'Mam, ik blijf zondag niet eens thuis. Ik wil naar het hockeyveld.'

'En ik wil ook,' zegt Joost. Hij vertelt kort over de Mini van de week. En over de verloting van de wedstrijdbal. 'De kans om die te winnen kunnen we toch niet zomaar voorbij laten gaan?'

Suzan kijkt haar broer dankbaar aan. Gelukkig, ze zijn het een keer met elkaar eens.

Als haar moeder glimlacht, krijgt ze even hoop. 'Mogen we erheen, mam?'

'Een andere keer, lieverd. Nu rekent oma op ons. Je weet hoe leuk ze het vindt als jullie er zijn.'

En wat Suzan of Joost ook verzinnen, het heeft geen effect.

'Wij mogen ook nooit wat!' Suzan pakt haar tas van de stoel en holt naar boven. Ze slaat de deur van haar kamer met een klap dicht.

De kat, die op haar bed ligt te soezen, schrikt wakker.

'Sorry, Buster.' Suzan aait hem over zijn zachte vacht. 'Jij bent tenminste lief,' fluistert ze. 'Veel liever dan mama. Die doet zo stom vandaag!'

Buster begint te spinnen. Maar algauw zakken zijn oogjes weer dicht.

Was ik ook maar een kat, denkt Suzan. Dan kon ik altijd doen waar ik zelf zin in had.

Ze gaat aan haar bureau zitten en bekijkt de foto van haar hockeyteam.

Alle meiden staan er lachend op. Luna houdt trots de mascotte vast.

Het is de oude knuffelaap van Joost. Suzan vond hem een keer op zolder. Ze trok hem een rood truitje aan, zodat ze hem als mascotte kon gebruiken. Rood en zwart zijn de kleuren van FHC, hun hockeyclub.

Jet verzon de naam Pépé. En sinds die tijd gaat de mascotte altijd mee als ze moeten spelen.

Waar is hij eigenlijk? Suzan kijkt haar kamer rond. Meestal stopt ze de aap na afloop van de wedstrijd terug in de ballentas. Maar omdat hij vies was geworden, nam ze hem vorige week mee naar huis. Haar moeder had hem toen in de wasmachine gedaan.

Suzan stopt met zoeken als ze de telefoon hoort. Zou het voor haar zijn?

Ze opent de deur van haar kamer om te luisteren.

Als niemand haar roept, ploft ze neer op haar bed. Jammer. Het was best leuk geweest als Luna belde. Het zit Suzan niet lekker dat ze zo fel reageerde.

En waarom eigenlijk? Ze begrijpt er nog steeds weinig van. Deed ze echt zo fanatiek? Of zou het komen doordat ze niet meer zo vaak met Luna afspreekt? Sinds Britt erbij gekomen is in het team en bij hen in de klas, gaat ze na schooltijd ook wel eens met haar mee naar huis.

Suzan draait nadenkend een pluk haar om haar vinger. Hm, lastig is dit.

Dan stapt Joost haar kamer in. 'Mama wil je spreken.'

'Mogen we toch naar de wedstrijd zondag?' Suzan kijkt haar broer hoopvol aan.

'Geen idee.'

'Nou, zeg dan maar dat ik niet kom.'

'Oké.' Joost wil de deur sluiten. Maar opeens zegt hij: 'Ik zou toch maar gaan. Volgens mij had ze net Anniek aan de lijn.'

'Waar hadden ze het over?'

Joost haalt zijn schouders op.

'Je hoorde toch wel wat ze zei?' probeert Suzan.

'Nee,' zegt Joost. 'Hoewel... Ja, ik weet het weer!' Zijn stem klinkt opeens weer plagerig.

'Je moet in een lager team gaan spelen. Je balbeheersing is ver onder niveau!'

'Duh! Denk je dat ik dat geloof?' Suzan mikt een sok naar Joost, die gauw de deur sluit.

Toch maken zijn woorden haar ongerust. Zou Anniek echt vinden dat ze niet goed speelt?

Het telefoontje

Suzan kleedt zich om en besluit daarna toch naar beneden te gaan. In de kamer zit haar moeder nog te bellen.

'Oké, afgesproken,' zegt ze en ze legt de telefoon neer.

Wat is er afgesproken? Suzan bijt onzeker op haar lip. Zou Joost toch gelijk hebben en moet ze naar een ander team? Ze gaat op de brede leuning van de bank zitten. 'Mam, was dat Anniek?'

'Nee, die belde eerder. Want...' Haar moeder laat een geheimzinnige stilte vallen.

Suzan haat het als ze zo doet. 'Ik weet het allang,' zegt ze dan. 'Ze vertelde nog even dat jij moet rijden zaterdag.'

Haar moeder schudt haar hoofd. 'Anniek belde over zondag.'

'Boeien, zeg!' Suzan springt boos op. 'Wat heb ik daar aan. Joost en ik mogen toch niet naar het veld!'

'Nou, daar vergis je je misschien wel in.'

'Hoe bedoel je?'

Een paar tellen later staart Suzan haar moeder met grote ogen aan. 'Wat? Mag ik Mini van de week zijn?'

Haar moeder knikt lachend. 'Koen blijkt de mazelen te hebben, dus die is zondag nog niet beter. Toen trok Anniek een nieuwe naam, en dat was die van jou.'

Suzan moet het bericht even tot zich laten doordringen. Dan laat ze zich achterovervallen op de bank. 'Wow, dat is gaaf!'

Twee tellen later vraagt ze bezorgd: 'Maar vindt Koen het niet erg?'

Haar moeder schudt haar hoofd. 'Die mag natuurlijk een andere keer.'

'Dit nieuws moet ik Joost vertellen!' roept Suzan dan. Ze wil de kamer uit rennen, maar haar broer komt er net aan. 'Wat is er aan de hand? Heb je iets gewonnen? Of, eh... krijgen we meer zakgeld?'

'Het is veel leuker,' antwoordt Suzan. 'Omdat Koen de mazelen heeft, mag ik zondag Mini van de week zijn.'

Zelfs Joost is onder de indruk. 'Jij boft!' Dan kijkt hij geschrokken naar zijn moeder. 'Maar oma dan?'

'Die heb ik net gebeld,' antwoordt ze. 'Papa gaat haar zondag ophalen. Ze wil graag mee naar het veld.'

Een kwartier later zit Suzan nog steeds op de bank. Dromerig staart ze voor zich uit. Hoe zou het zondag zijn? En wie spelen er allemaal mee in het team?

Straks na het eten gaat ze op de website van de club kijken. Haar moeder zei dat ze daar alle spelers uit het team van Dames 1 kan zien. En misschien staan er ook wel foto's van andere Mini's op.

'Kun je even een pak yoghurt halen?' vraagt haar moeder dan. Ze is in de keuken bezig met het eten. 'Wel opschieten, hoor. Anders is de winkel dicht.'

Meestal heeft Suzan weinig zin. Of antwoordt ze: 'Kan Joost niet gaan?' Dit keer heeft ze zo'n goeie bui dat ze het meteen doet.

Als ze de tuin uit loopt, komt Lisanne, haar buurmeisje, voorbij.

Lisanne komt wel eens oppassen als Suzans ouders weg moeten. Ze laat een zwart-witte collie uit.

'Hé, wat een leuke hond!' roept Suzan. 'Is die van jullie?'

Lisanne knikt. 'We hebben haar pas en ze heet Kato. Hoe vind je haar?'

'Echt lief!' Suzan begint Kato te aaien. 'Ik wil ook zo graag een hond. Maar omdat we al een poes hebben, kan het niet.'

'Je mag wel een stukje met haar wandelen,' stelt Lisanne voor.

'Echt?' Suzan pakt de riem vast en Kato loopt rustig verder over de stoep.

'Brave hond,' fluistert ze.

Dat had ze beter niet kunnen zeggen. Want als Kato verderop een andere hond ziet, rent ze er luid blaffend achteraan. 'Waf! Waf-waf!'

'Ho! Stop!' Suzan trekt hard aan de riem. 'Gekke hond. Stop!'

Het helpt niet. Kato blijft doorrennen en sleurt Suzan mee. Pas als de andere hond een huis in gaat, stopt Kato met rennen.

'Zo! Jij kunt hard!' Suzan gaat op een muurtje zitten om op adem te komen.

'Gaat het?' Lisanne komt eraan.

Suzan knikt. 'Ik hou wel van een sprintje. Bij een wedstrijd doe ik dat zo vaak. Hockey jij nog?'

'Ik speel sinds kort bij Dames 1,' antwoordt Lisanne.

'Jij?' Suzans ogen beginnen te stralen. 'Fijn, dan ken ik al één speler!'

'Wat bedoel je?'

'Ik mag zondag Mini van de week zijn. Bij jullie team!' Suzan wil meteen van alles vragen over Dames 1. Maar ineens bedenkt ze dat ze nog naar de winkel moet.

Ze kijkt op haar horloge en zegt: 'Oeps, is het al zo laat? Dat haal ik nooit.'

'Wat niet?'

'De yoghurt,' mompelt Suzan.

Teleurstelling

Een dag later fietsen Suzan en Joost samen naar school.
Onderweg praten ze alleen maar over hockey.
Gisteravond hebben ze samen met hun vader op de website van de hockeyclub gekeken.
'Mini van de week: Suzan de Jong' stond er al op.
Daarna had Joost Stijn gebeld om het nieuws te vertellen.
Want Stijn zit niet bij hen op school, dus die zien ze niet iedere dag.
'See you,' zegt Joost als ze hun fietsen in het rek hebben gezet.
Suzan kijkt het plein rond. Is Britt er al? Ze staat te praten met Luna.
Ze holt naar hen toe en zegt opgewonden: 'Ik heb écht superleuk nieuws!'
Maar Britt gebaart dat ze moet wachten. En nu pas ziet Suzan het platte telefoontje in Luna's hand.
'Heb je alweer een nieuwe?' Het is eruit voordat ze er erg in heeft. Luna krijgt vaak nieuwe spullen: hippe laarzen, een dure trainingsbroek. Nu dus weer een dure telefoon.

27

Luna kijkt geïrriteerd op. 'De vorige ging kapot, hoor! En met deze kan ik foto's maken.'

'Mooi ding!' Suzan probeert geïnteresseerd te doen. Maar ze heeft allang door dat ze het met haar opmerking heeft verprutst.

Ze probeert het goed te maken. Ze gaat naast Britt staan en vraagt: 'Wil je een foto van ons nemen? Twee topspelers uit je hockeyteam...'

Luna reageert meteen. 'Ja, sorry, hoor! Ik speel nou eenmaal niet zo goed als jullie!' Geërgerd loopt ze weg.

'Het was maar een grapje!' roept Suzan haar na.

Als Luna niet reageert, pakt Britt haar arm. 'Laat haar maar even. Zeg, wat voor leuk nieuwtje had je nou?'

Suzan moet even omschakelen. 'Ik mag zondag Mini van

de week zijn,' zegt ze dan. 'In plaats van Koen, want die is nog ziek!'

'Mazzelaar!' Britt geeft haar een high five. 'Dat is geluk!'

'Toch vind ik het best spannend,' bekent Suzan. 'Zie je mij al staan tussen al die topspelers! Als ik de bal mag uitnemen, sla ik vast mis.'

'Welnee.' Britt kijkt alsof ze zich dat niet kan voorstellen. 'Je speelt toch in ME2, het beste team van FHC?'

Suzan glimlacht. Ze is blij dat Britt haar oppept. En dat is wel nodig ook.

Met de armen om elkaars schouder lopen Britt en Suzan even later over het plein.

'ME2, ME2, het beste team van FHC!' roepen ze steeds.

David, Zourad en Jip komen lachend achter hen aan. 'FHC, weg ermee!' roepen ze in koor.

En David maakt van zijn handen een toeter. 'Toe-toe-toen, voetbal moet je doen!'

'Niet! Hockey is veel leuker!' antwoordt Britt.

Zelfs als ze in de rij staan te wachten, blijft ze over hockey praten. 'Hé, David. Weet je eigenlijk wat pushen is?'

'Bedoel je dit?' Hij geeft haar een speelse duw.

'En een flats. Heb je daar wel eens van gehoord?'

'Hè, wat?' David krabt op zijn hoofd. 'Is dat een koeienvlaai, of zo?'

Britt ligt dubbel. 'Ik zal het je voordoen.' Ze doet alsof ze een stick in haar handen heeft. 'Kijk, eerst maak je een achterzwaai. Daarna zak je door je knieën. En als je naar voren zwaait, hou je je stick laag bij de grond.'

'Ik schiet de bal liever weg met mijn voet,' zegt David. 'Dat getik met een stick is niks voor mij.'

'Je weet niet wat je mist,' zegt Suzan. 'Als je in de buurt bent, zal ik je wat hockeybewegingen leren. Maar niet komende zondag, want dan ben ik op het veld. Want weet je... Ik ben Mini van de week!'

'Is dat net zoiets als Pupil van de week?'

Suzan knikt.

'Kan ik niet je persoonlijke assistente zijn die dag?' vraagt Britt opeens.

'Ja! Lijkt me leuk. Zal ik vragen of jij mijn sticktas mag dragen?'

'Wat je maar wilt,' antwoordt Britt. 'Zelfs je bitje draag ik met plezier.'

David trekt zijn neus op. 'O, ja! Jullie dragen een bitje. Smaakt zo'n ding niet vies?'

'Nee, hoor. Behalve als je het uit je mond laat vallen. Want dan zit het vol met zand.'

'Bah, zie je wel!' David trekt weer zijn neus op. 'Ik wist het al: hockey is niks voor mij!'

'Ik vind er ook niet meer zoveel aan,' klinkt het dan.

Suzan keert zich om. Was dat Luna? Ze kan het zich bijna niet voorstellen.

Maar het is inderdaad Luna. 'Ik wil misschien op paardrijden,' zegt ze.

'Stop je dan met hockey?'

'Misschien.' Luna is alweer verdiept in haar mobiel.

Ook in de klas blijft Luna weinig zeggen.

Niet op letten, denkt Suzan. Het zal wel weer overgaan. Luna heeft het ook helemaal niet zo leuk thuis. Haar ouders zijn vaak op reis en dan komt er een oppas. En haar broers bemoeien zich nauwelijks met haar.

Suzan pakt haar taalboek en begint met de opdracht.

'Kies het woord dat past bij de zin' staat er in het boek. 'Uitdaging, verrassing, ontknoping, teleurstelling.'

Als ze het laatste woord leest, bijt ze op haar pen. Is ze teleurgesteld? Eigenlijk wel. Luna gaat toch niet echt stoppen met hockey? Ze kan zich niet voorstellen dat ze niet meer meedoet in het team. Luna doet soms wel nukkig,

31

maar ze hoort bij ME2. En ze zijn al zo lang bevriend. Lang voordat Britt erbij kwam.

En opeens weet Suzan wat er is: Luna voelt zich natuurlijk buitengesloten.

Keek ze maar even op. Dan kon ze iets aardigs zeggen. Of beginnen met gekke bekken te trekken. Dat doen ze vaker samen. Echt lachen is dat. En de juf merkt het nooit.

'Pssst, Luna,' probeert ze.

Maar Luna kijkt alleen in haar schrift.

Vroeg op pad

'Suzan, wakker worden! Je moet opstaan!'

Als Suzan haar moeder hoort, opent ze slaperig haar ogen. 'Hè, wat? Moet ik naar school?'

'Nee! Het is zaterdag. Je moet hockeyen vandaag. Schiet je op? We zijn al best laat.'

'Laat?' Suzan schiet onder de dekens vandaan. Ze grist haar hockeykleren van de stoel en holt naar de badkamer. Tien minuten later zit ze aan het ontbijt, samen met haar moeder. Joost en haar vader liggen nog in bed.

Als Suzan twee stukjes brood tegelijk in haar mond propt, zegt haar moeder: 'Doe eens rustig. Zo laat zijn we nou ook weer niet.'

'Wlaalom zlei je dat dan?'

'Omdat jij meestal aan het ontbijt zit te dromen. Maar vandaag ben je zo snel!'

'Mloet ook.' Suzan neemt gauw een slok melk zodat het brood met pindakaas niet meer aan haar tanden plakt. 'Nu jij gaat rijden, moeten we echt op tijd zijn bij het veld!' Terwijl ze haar boterham opeet, kijkt ze naar de kast.

Daarin ligt de brief die gisteren is gekomen. Om kwart over twee wordt ze zondag verwacht in de kleedkamer van Dames 1.

Zal ze de brief meenemen? Behalve Luna en Britt weet nog niemand van haar team dat ze Mini van de week mag zijn. Ach, ze kan het eigenlijk beter vertellen. De brief moet netjes blijven. Die plakt ze in haar plakboek. Met de foto's die haar vader gaat maken.

Er komt zelfs een echte fotograaf naar de wedstrijd, heeft hij verteld.

En dan is er ook nog het interview. Iemand van het club-blad gaat haar zondag vragen stellen. Misschien mag ze ook wel vertellen wie haar voorbeelden zijn.

Nou, dat weet Suzan wel: Lisanne en Anniek natuurlijk.

'Nu zit je toch weer te dromen!' Haar moeder heeft haar jas al aan. 'Heb je alles?'

Suzan neemt nog snel een slok melk en holt dan naar de gang.

Als ze aankomen bij de club, is de parkeerplaats leeg.

'Zijn we nu toch te laat?' Suzan maakt gauw haar gordel los.

'Welnee, lieverd. We zijn juist te vroeg.' Haar moeder par-keert haar auto en samen lopen ze naar het clubhuis.

Anniek haalt net de tas met de outfit voor de keeper uit het hok.

Vijf minuten later zijn ook Jet, Liselot en Amber gearri-veerd.

Daarna komt Britt er hijgend aan. 'Gelukkig, ik ben nog op tijd!'
'Verslapen?' vraagt Suzan.
Britt schudt haar hoofd. 'Net toen ik weg wilde gaan, klopte Tommie op de deur van onze caravan.'
'Tommie? Wie is dat nou weer?'
'Een jochie van drie die ook op de camping is. Hij is echt zó grappig! "Ikke pele met jou," zegt hij steeds.'
Terwijl ze naar de auto's lopen, blijft Britt over Tommie praten. 'Ik zou ook best graag een broertje willen,' zegt ze

opeens. 'Helaas zijn mijn ouders uit elkaar, dus ik denk niet dat dat lukt.'

'Waarom niet? Misschien krijgt je moeder wel een nieuwe vriend. Of je vader een nieuwe vriendin.'

Britt kijkt verschrikt. 'Dat wil ik niet, hoor.'

'Dan mag je mijn broer wel een tijdje lenen,' zegt Suzan. 'Ik heb toch vaak last van hem.'

'Doe niet zo zielig!' Britt geeft haar plagend een duwtje.

'Hebben jullie Luna al gezien?' vraagt Anniek dan.

'Zullen we haar bellen?' stelt Britt voor.

'We wachten nog heel even,' beslist Anniek.

Ze willen net in de auto stappen, als de stem van Luna klinkt. 'Wachten jullie op mij?'

Ze zet gauw haar fiets op slot en komt naar de auto van Suzans moeder gerend. 'Hoi! Kan ik er nog bij?'

Suzan schudt haar hoofd. 'Britt en ik zitten al achterin. En Anniek gaat voorin zitten.'

'Maar ik pas er toch makkelijk bij op de achterbank?'

'Sorry, kan niet. Er zijn maar twee gordels,' legt Suzan uit.

'Oké, dan niet.' Luna loopt teleurgesteld naar een andere auto.

Als iedereen zit, stapt Anniek ook in. 'We kunnen gaan,' zegt ze.

'Is het ver naar HCG?' vraagt Suzan.

'Over een halfuur zijn we er,' antwoordt haar moeder. 'Als het tenminste niet te druk is.'

Ze hebben geluk. Het is rustig onderweg.

'Harder rijden, mam,' roept Suzan opeens. 'De vader van
Liselot wil ons inhalen. En de moeder van Jet ook.'
Maar ze weet het antwoord al: haar moeder houdt niet van
hard rijden.
Nou ja, wat maakt het uit. Zolang ze maar niet te laat
komen.
Samen met Britt zwaait ze naar hun teamgenoten. Alleen
Luna zwaait niet terug.
Suzans moeder merkt het ook. 'Is Luna boos?'
Suzan haalt haar schouders op. 'Ze doet de laatste tijd
vaker onaardig.'

'En jij niet?'

'Niet dat ik weet,' antwoordt Suzan.

'Misschien voelt Luna zich een beetje buitengesloten,' zegt haar moeder peinzend. 'Vroeger trok je toch veel vaker met haar op?'

Suzan tuurt uit het raam. Dit had ze in de klas ook al bedacht.

'Jullie kunnen toch ook wel een keer met z'n drieën wat afspreken?' gaat haar moeder door.

'Mij lijkt het leuk,' zegt Britt.

Suzan wil antwoorden dat ze dat ook vindt. Maar dan ziet ze op straat een klein meisje lopen met een knuffel in haar hand.

Ze denkt meteen niet meer aan Luna. Geschrokken slaat ze haar hand voor haar mond en roept: 'Mam, we moeten terug!'

'Waarom?'

'Omdat ik Pépé vergeten ben. Ik had hem gisteravond klaargelegd in de gang. En daar ligt hij nu nog!'

De uitwedstrijd

'Je meent het!' zegt Jet geschrokken.

'Zo winnen we nooit,' roept Liselot.

Ze zitten in de kleedkamer van HCG en Suzan heeft net verteld over Pépé.

'Hoe kan dat nou?' Amber kijkt voor de zekerheid in de ballentas. 'Onze mascotte zit hier toch altijd in?'

Suzan knikt. 'Maar hij was vorige week door die regenbui zo vies geworden dat hij in de wasmachine moest. En omdat ik vanmorgen nog niet helemaal wakker was, ben ik hem vergeten mee te nemen. Sorry! Het spijt me echt.'

'Niks, sorry!' Amber komt met haar stick op haar af. 'Daar moet je voor boeten, Suus. Volgende keer moet je, uhm...?'

'Trakteren!' roept Jet.

'Ja, trakteren,' roept iedereen lachend.

'Op chocola. En spekkies. En...' Amber begint al van alles op te noemen.

Tot Anniek binnenkomt. 'Meisjes, luister. We moeten al bijna het veld op en nog niemand weet de opstelling.' Ze haalt een vel papier uit haar tas. 'Britt, jij speelt in de voorhoede. Suzan staat op het middenveld. En Luna, jij bent keeper vandaag.'

'Ik?' Luna laat haar schouders hangen. 'Waarom ik?'

'Omdat je aan de beurt bent,' zegt Anniek.

Luna kijkt zuchtend naar de keeperstas. 'Wedden dat we gaan verliezen? Ik laat vast alle ballen door.'

'Welnee! De vorige keer keepte je juist heel goed.'

'Maar toen hadden we Pépé bij ons,' zegt Luna met een somber gezicht.

Een halfuur later rent Suzan over het veld. Ze bedenkt opeens dat ze nog helemaal niet verteld heeft dat ze Mini van de week mag zijn. Nou, dat komt straks dan wel.

'Niet dromen! Verdedigen!' roept Anniek dan.

'Pak die bal af!' schreeuwt haar moeder.

'Ik doe mijn best,' mompelt Suzan. Ze houdt ervan om op het middenveld te spelen. Maar vandaag is het zwaar en ze heeft geen moment rust. De tegenpartij speelt erg aanvallend.

'Mooie actie!' roept Anniek even later.

Suzan veegt wat zweetdruppels van haar voorhoofd en ziet dat Britt de bal te pakken krijgt. Misschien is dit wel een kans. Het staat gelijk, dus ze moeten zien te scoren.

'Ga door,' moedigt Anniek aan.

Maar wat Britt ook probeert, ze komt niet langs de tegenpartij.

Plotseling rolt de bal weer in de richting van Luna.

'Verdediging, opletten!' roept ze nerveus.

Suzan trekt een sprintje. Kan ze nog wat redden?
Ze is te laat. Een meisje van HCG slaat de bal snoeihard naar het doel.
Luna stapt naar voren om hem te stoppen.
Dat lukt haar nooit, denkt Suzan.
Ze is verbaasd als het gejuich uitblijft. Wat is er aan de hand?
Jet, die naast haar staat, grinnikt. 'Hi, hi, dat is gek. De bal is weg.'

41

'Weg?' Suzan kijkt verbaasd rond. 'Of heeft Luna hem gestopt met haar handschoen?'

Jet schudt haar hoofd. 'Nee, kijk maar. Ze zoekt zelf ook. Zelfs de scheids mist de bal.'

Even later klinkt er geklap.

'Was het toch een doelpunt?' mompelt Suzan.

Ze vergist zich. Er wordt geklapt omdat de bal er weer is.

Luna laat hem trots zien. 'Gevonden!'

'Waar was hij nou?' vraagt Anniek.

Luna wijst naar de grote beenbeschermer van foam om haar been. 'Daar zat hij tussen. Ha, ha!' Ze moet er heel hard om lachen.

Net als Suzan. Lachend steekt ze haar duim op.

En Britt zet haar handen aan haar mond. 'Luna, goed gedaan!'

Vijf minuten later is het rust. Vermoeid lopen de meiden naar de dug-out.

'Ik kan niet meer,' zegt Britt.

'Ik heb het bloedheet,' klaagt Suzan.

Ze kijkt naar Luna in het warme keeperspak. Die zal het nu wel helemaal slecht naar haar zin hebben. Maar ze vergist zich, want haar ogen stralen.

Ze klopt op haar beenbeschermer en zegt: 'Mooie actie was dat, hè?'

Anniek knikt. 'Goed gekeept, Luna. Iedereen verdient trouwens een compliment. Ondanks de sterke tegenpartij spelen jullie heel goed.'

Britt zucht vermoeid. 'Ik hoop wel dat we het volhouden.'
'Zou dit helpen?' Amber haalt een plastic doos uit haar tas. Er zitten stukjes kiwi in.
'Ja, lekker!' Het hele team dringt om haar heen.
Iedereen is net op adem als de wedstrijd weer doorgaat.
'Jet, opletten!'
'Suzan, veel meer naar voren.'
Anniek begint direct aanwijzingen te geven.
Dat moet ook, want de tegenpartij voert de druk behoorlijk op.
Luna in het doel volgt nerveus iedere beweging van de bal. En als ze een bal doorlaat, durft ze de anderen nauwelijks aan te kijken. Zo teleurgesteld is ze.
Gelukkig ziet Britt al snel een kans. Ze drijft de bal naar het andere doel en roept: 'Dit puntje is voor ons.'
Haar woorden helpen, want de keeper kan haar bal niet stoppen.
'Goed gedaan!' Suzan klopt Britt op haar schouder. 'Als we zo doorgaan, winnen we misschien toch.'
Ze hebben pech. Net voordat de scheids fluit, weten de meiden van HCG nog een keer te scoren.
Ze winnen met één punt verschil.

Pépé

'Echt jammer dat we hebben verloren!' Suzan neemt een slok limonade. Ze zit met de andere meiden in het clubhuis.
'Verliezen hoort er nou eenmaal bij,' zegt Anniek troostend. 'En HCG was gewoon heel goed.'
Jet knikt. 'Dat heb ik gemerkt. Ik heb nog nooit zo hard gerend.'
'Toch hebben jullie goed gespeeld,' gaat Anniek door. 'En ik wil ook graag onze keeper een compliment geven.'
Britt is het helemaal met haar eens. 'Het had ook acht-vier kunnen zijn in plaats van vijf-vier.'
'En dan was ik nog zo stom om Pépé te vergeten,' voegt Suzan eraan toe.
Luna krijgt een kleur van al die complimentjes. Ze friemelt aan de touwtjes van haar vest en zegt: 'Weet je, ik vind het eigenlijk best leuk om keeper te zijn. Van dat rennen over het veld krijg ik toch altijd steken in mijn zij.'
'Applausje voor Luna!' roept Suzan.
Als iedereen begint te klappen, kijkt Luna haar dankbaar aan.

Even later zijn ze met zijn allen op weg naar de auto's.

'Hebben jullie alles?' vraagt Anniek voor de zekerheid.

'Oeps, mijn vest!' Suzan holt terug naar de kleedkamer.

Als ze naar buiten komt, staat Luna haar op te wachten.

'Ben je ook wat vergeten?'

Luna schudt haar hoofd. 'Ik, eh... ik wou zeggen dat het me spijt dat ik laatst zo onaardig deed.'

Suzan zucht opgelucht. Zo kent ze Luna weer. 'Ach, maar eigenlijk had je wel gelijk,' zegt ze dan. 'Ik deed ook best fanatiek. Zullen we gauw eens afspreken?'

'Ja, leuk,' zegt Luna. 'En nog bedankt dat je zo veel ballen tegenhield.'

'Veel?' Suzan schudt haar hoofd. 'Jouw actie was vandaag de beste. Doordat jij de bal opving met je beenbeschermer, konden wij even op adem komen.'

Ze pakt Luna's arm. 'Je gaat toch niet echt stoppen met hockey?'

Luna hijst haar sticktas op haar rug. 'Tuurlijk niet. Dan mis ik de kans om de beste keeper van FHC te worden! Ha, ha!'

'Weet je dat Dames 1 ook een heel goede keeper heeft?' zegt Suzan dan. 'Zal ik zondag een handtekening voor je vragen?'

'Wil je dat?' Luna kijkt nu helemaal blij. 'En anders vraag ik het zelf. Want ik kom natuurlijk ook om je aan te moedigen. Ik heb trouwens al een yell voor je bedacht.'

'Echt?'

Luna knikt. 'Mini van de week Suzan! Laat zien wat je kan!'

Lachend en pratend lopen de meiden naar de parkeer-plaats, waar Anniek al op hen wacht.
'Vind je het goed als Luna nu meerijdt met ons?' vraagt Suzan.
'Tuurlijk,' antwoordt Anniek. 'Dan rij ik mee met Liselot.'

'Ik ben zó zenuwachtig!' roept Suzan opeens, als ze in de auto zitten. Ze doet alsof ze op alle nagels van haar vingers bijt. 'Morgen ben ik dus Mini van de week.'
'Doe gewoon,' zegt Britt lachend. 'Dat is toch juist leuk?'
'Maar ook spannend,' zegt Luna.
Suzan kijkt haar dankbaar aan. 'Dat vind ik eigenlijk ook.'
Als ze bij FHC aankomen, nemen ze nog een kijkje op het veld. Zou het team van Joost nog met de wedstrijd bezig zijn?
Maar de jongens zijn net klaar. Moe en bezweet komen ze eraan.
'Hoe ging het?' vraagt Suzan.
Maar voordat Joost antwoord kan geven, pakt ze Luna en Britt bij een arm. 'Zien jullie wat ik zie?' Ze wijst naar de wedstrijdtas, die Joost en Stijn samen dragen. Het kopje van Pépé steekt er uit.
'Hoe durven ze?' mompelt Britt.
'Dit is diefstal,' zegt Luna zacht.
'Dat vraagt om actie,' roept Suzan.
Ze gaan dreigend voor de jongens staan.
'Hoe komen jullie aan Pépé?' vraagt Suzan meteen.
'Wij, eh...' begint Stijn.

47

'Ik heb hem meegenomen,' zegt Joost dan. 'Jij was hem vergeten! En toen dacht ik: misschien brengt jullie mascotte ons ook wel geluk. Jullie winnen zo vaak.'

'En, hielp het?'

'Verloren. Alweer...' Joost zegt het zo treurig dat de meiden in de lach schieten. Zelfs Suzan heeft medelijden met haar broer.

Toch haalt ze de aap snel uit de tas en drukt hem tegen zich aan. 'Lieve Pépé. Ik beloof dat ik je nooit meer vergeet!'

'Daar hou ik je aan,' zegt Britt.

'Neem je hem morgen ook mee?' wil Stijn weten.

Suzan schudt haar hoofd. 'Pépé hoort bij ME2 en niet bij Dames 1. Hoe laat komen jullie naar het veld?'

Britt kijkt naar Stijn. 'Na het varen?'

'Ho, wacht! Gaan jullie dus echt roeien op de plas?' zegt Suzan.

Stijn knikt. 'Het mag van mijn vader.'

'Dan kom ik ook!' Suzan maakt al roeibewegingen. 'Luna, ga jij dan ook mee?' Ze heeft zich voorgenomen Luna nu overal bij te betrekken. En Stijn vindt het vast goed dat ze meekomt.

Luna knikt enthousiast. 'Mijn ouders zijn toch niet thuis.'

'En ik moet zeker achter jullie aan zwemmen,' moppert Joost.

'Goed geraden!' Stijn slaat hem lachend op zijn schouder. 'Nee, geintje. De boot is groot genoeg. Zullen we dan morgen eerst afspreken op de camping? En daarna doorgaan naar het veld?'

Suzan aarzelt. 'Nemen jullie dan wel een stick mee? Ik wil nog graag een balletje slaan. Anders ben ik niet in vorm als...'

'Mini van de week!' vult Britt lachend aan.

Varen

Het is zondag. Suzan staat voor de grote spiegel in de gang. Ziet ze er goed uit? Ze frunnikt aan haar hockeykleren. Haar moeder heeft haar rokje, polo én zelfs haar sokken gestreken voor vandaag.

Zelf heeft ze haar schoenen goed schoongemaakt en er gekleurde veters in gedaan.

Die was Luna gistermiddag komen brengen.

Daarna was ze een tijdje gebleven en hadden ze samen nagedacht over het interview.

'Ik ben zo benieuwd wat ze gaan vragen,' had Suzan gezegd.

'O, dat weet ik wel.' Luna noemde van alles op: 'Wat je wilt worden later, wat je lievelingseten is. En wie je vriendinnen zijn.'

'Jij en Britt zijn mijn beste vriendinnen,' had Suzan gezegd. 'En mijn lievelingseten is...'

'Groene glibber!' verzon Luna.

'Wat is dat nou weer?' Suzan had dubbel gelegen.

'Kiwi's,' antwoordde Luna droog. 'Van die rijpe, die zo je mond in glibberen.'

Hoe laat is het? denkt Suzan opeens. Ze merkt dat ze weer staat te dromen.

Op haar horloge is het halftwaalf. En om twaalf uur hebben ze afgesproken bij Stijn.

Eerst had haar moeder het geen goed idee gevonden dat Suzan er ook heen ging.

Maar Joost had haar weten over te halen. 'Mam, we gaan speciaal een balletje slaan,' had hij gezegd. 'Suus moet toch in vorm zijn als Mini van de week?'

Dat ze ook nog gaan varen, vertelde hij gelukkig niet.

Een halfuur later stapt Suzan uit de auto van haar moeder. Joost is al eerder op de fiets naar Stijn gegaan.

Maar dat had Suzan niet gemogen. 'Ik breng je weg. En ik haal je ook weer op,' had haar moeder gezegd. 'Dan weet ik zeker dat je op tijd bent op het veld. Joost kan dan later komen als de wedstrijd begint.'

'Tot straks, mam.' Suzan wil al weglopen.

Haar moeder toetert. 'Wacht. Even wat afspreken. Ik ben om twee uur weer hier bij de ingang van de camping. Sta je dan klaar?'

'Ja, mam.' Suzan zwaait haar na en gaat dan op zoek naar Stijn en Joost.

Ze vindt hen bij de stacaravan van Britt, waar ze buiten rond de houten tafel zitten. Luna is er ook al.

'Wil je ook wat drinken?' vraagt Britts vader. Hij schenkt al een glas limonade in. 'Gezellig, al dit bezoek.'

Suzan knikt en kijkt eerst rond. Op het gras voor de caravan staan geen tenten, dus de plas is goed te zien. De zon schittert mooi op het water.

Verderop loopt een jongetje met blonde krullen.

Britt stoot haar aan. 'Kijk, dat is Tommie dus.'

'Dat dacht ik al. Hé, Stijn. En is dat jouw jacht?' Suzan wijst naar een oude roeiboot op het gras.

'Yes. En alles is klaar voor vertrek!'

'Zullen we dan meteen gaan?' Joost is al opgestaan.

'Wacht even.' Suzan drukt haar broer weer op de houten bank. 'Ik ga liever eerst hockeyen. Dan kan ik daarna uitrusten in de boot. Anders kom ik veel te moe op het veld.'

Stijn grijnst. 'En dat kan niet. Want anders ben je niet in vorm als...'

'Mini van de week,' roept iedereen weer.

'Flauwerds!' Suzan fronst haar wenkbrauwen. Tegelijkertijd moet ze ook lachen. Heeft ze het er zo vaak over? Ze zal maar niet zeggen dat ze er vannacht zelfs van heeft gedroomd...

Als iedereen zijn limonade op heeft, roept Britt: 'Tijd voor actie!' Ze pakt haar stick uit de caravan en holt het grasveld op. De anderen volgen haar.

'Meiden tegen de jongens?' stelt Suzan voor.

'Dat is niet eerlijk. Jullie zijn in de meerderheid!' roept Stijn.

Joost is het met hem eens.

'Stemmen?' zegt Britt.

Joost kreunt. 'Dan weet ik nu de uitslag al.'

Maar Stijn legt twee roeispanen op het gras. 'Oké, we doen het. Dit is dus ons doel.'

'En dit is doel twee.' Suzan legt haar trainingsjasje en het vest van Luna neer. 'Wat is onze yell?'

Luna begint al: 'Citroen, citroen, citroen. We worden kampioen!'

'Banaan, banaan, banaan. We gaan jullie verslaan!' roept Joost erboven uit.

Stijn knikt instemmend en haalt een bal uit zijn broekzak. 'Wie mag er uitnemen?'

'Wij natuurlijk,' zegt Joost. 'Want wij zijn in de minderheid!' Hij slaat de bal al weg over het veld.

De jongens spelen zo fel dat Britt vaak roept: 'Hé, dat was hakken!' of: 'Overtreding!'

Het helpt niet echt.

Als ze met zes-tien achter staan, laat Suzan zich op het gras vallen. 'Ik kap ermee. Ik kan niet meer.'

Luna hangt hijgend over haar stick. 'En ik heb steken in mijn zij.' Over haar been zegt ze niets. Toch zag Suzan duidelijk dat Joost er per ongeluk tegenaan sloeg.

Alleen Britt lijkt niet moe te zijn. 'Kom op, doorgaan! We laten ons toch niet inmaken?'

Als Suzan en Luna niet reageren, juicht Joost: 'Yes! We hebben dus gewonnen!'

'Vraag niet hoe,' moppert Suzan.

Joost trekt aan een van haar staartjes. 'Ik geef toe, we deden wat ruw. Maar jullie gunnen ons deze overwinning toch wel?'

Suzan gaat ineens geschrokken rechtop zitten. 'Is mijn polo nog wel schoon?'

Luna klopt wat grassprietjes weg. 'Geen vlekje te zien.'

'Gelukkig,' zegt Suzan opgelucht. 'Anders had je mijn moeder moeten horen!'

'Zullen we dan nu gaan varen?' stelt Stijn voor.

Hij pakt net een roeispaan op als Lars eraan komt.

Suzan en de anderen kennen hem wel. Lars is de broer van Lisanne. Hij is fotograaf en maakt vaak foto's op het hockeyveld.

'Hoi, Lars,' groet Stijn. 'Je komt precies op tijd, want ik heb nieuws voor het clubblad. Joost en ik hebben namelijk net deze hockeymonsters verslagen.'

'Met gevaar voor eigen leven,' voegt Joost er dramatisch aan toe.

'Grrr...' grommen Luna en Britt.

Lars hangt lachend zijn camera om zijn nek. 'Ik had het graag willen zien. Maar ik kom dit keer niet voor jullie. Ik moet foto's van de camping maken.'

'Zeker voor de nieuwe folder?' Stijn kijkt alsof hij er alles van weet.

Lars knikt. 'Het licht is vandaag zo mooi. Daar moet ik van profiteren. Daarna ga ik door naar het veld voor de wedstrijd van Dames 1.'

'En om de Mini van de week te fotograferen,' zegt Suzan.

Lars krabt op zijn hoofd. 'Mini van de week? Nee, daar heb ik niets over gehoord.'

Tommie

Suzan bijt ongerust op haar lip. Zou Lars echt niet weten dat hij een foto van haar moet maken?

Pas als de fotograaf roept: 'Lach eens' heeft ze door dat hij haar voor de gek houdt.

'Natuurlijk ga ik je straks fotograferen,' zegt hij.

'Kunnen we niet met zijn vijven op de foto?' vraagt Stijn opeens. 'Ook leuk voor in het clubblad. En dan als tekst erboven: HOCKEY IS FUN.'

'Fun? Nou, niet altijd,' zegt Luna droog. 'Volgens mij sloeg iemand net een blauwe plek op mijn been.'

De anderen lachen. En als Suzan aan Joost uitlegt dat het door een mep van hem kwam, biedt hij gauw zijn excuses aan.

Lars laat zich overhalen. 'Vooruit, ik maak een foto. Waar gaan jullie staan?'

Stijn loopt al naar de boot.

Suzan pakt eerst haar jasje van de grond. Nu ze niet meer speelt, is het best fris.

Daarna gaat ze naast Stijn op de rand van de boot zit-

ten, samen met Luna. En Britt gaat achter hen staan.
'Jullie vergeten wat!' roept Joost. 'Hoe kun je nou een hockeyfoto laten maken zonder je stick te laten zien!'
De meiden pakken hem snel. Stijn houdt liever de roei-spaan vast.
'Zijn jullie er klaar voor?' vraagt Lars dan.
Suzan duwt nog snel een piek haar achter haar oor. Luna friemelt aan het kraagje van haar vest.
'Smile!' roepen ze dan alle vijf tegelijk.

'Nu gaan we roeien,' roept Stijn als de foto is genomen.
Hij trekt zijn sokken en schoenen uit en duwt de boot het water in.
Joost komt eraan met de roeispanen.
'Nog meer hulp nodig?' vraagt Suzan.
Stijn schudt zijn hoofd. 'Ga maar naar de steiger. Daar halen Joost en ik jullie op.'
Hij steekt al een roeispaan in het water als Joost roept: 'Ho, niet zo snel. Ik moet er nog bij.' Snel holt hij door het ondiepe water de boot achterna.
'Je schoenen!' waarschuwt Suzan.
Het lijkt of Joost nu pas merkt dat hij die nog aan heeft. 'Foutje!' Lachend stapt hij de boot in en pakt een roei-spaan op.
Plets! Eerst slaat hij met de bovenkant op het water.
Plats! Dan schept hij een plens water in de boot.
Stijn duikt opzij. 'Dombo, je moet wel roeien! Straks ben ik drijfnat.'

Britt staat lachend te kijken. 'Zie je wel hoe lastig roeien is. Zo ging dat met mij de laatste keer ook.'

Joost krijgt gelukkig al snel de slag te pakken.

'Instappen!' roept Stijn als ze bij de steiger zijn. Hij is gaan staan en helpt de meiden behulpzaam in de boot.

Britt zwaait eerst nog naar Tommie, die op het grasveld speelt.

'Mag ik zo ook een keer roeien?' vraagt ze dan.

'Straks,' belooft Stijn. 'Eerst varen Joost en ik jullie een stuk over de plas.'

'Ik vind alles prima,' zegt Suzan.

Ze moet toch al goed opletten dat ze niet nat wordt. Hoeveel tijd heeft ze nog?

Voordat ze op haar horloge kan kijken, zegt Britt: 'Hebben jullie wel aan het gele briefje gedacht? En je naam ingevuld?'

'Tuurlijk!' roept Luna.

Ook Stijn en Joost hebben het bij zich.

'Oei, ik heb het op mijn kamer laten liggen!' roept Suzan. 'Wat ben ik toch een oen.'

'Dat zeg ik toch altijd al?' Joost spettert water naar haar toe.

'Niet doen, pestkop!'

Maar als hij belooft het briefje straks op te halen, kijkt Suzan hem dankbaar aan.

Joost steekt lachend de roeispaan omhoog. Meteen druppelt er weer flink wat water in de boot.

'Pas op! Ik mag niet nat worden!' Suzan duikt geschrokken opzij.

'Opdracht begrepen.' Joost laat de roeispaan zakken en concentreert zich op het roeien.

Algauw heeft hij weer hetzelfde tempo als Stijn.

Suzan laat haar hand door het water gaan. Wat is het rustig op de plas. Verderop vliegt een zwaan. En bij het riet staat een reiger te loeren naar kikkers.

De stilte wordt verstoord door het geblaf van een hond.

Suzan kijkt achterom. Dat is grappig. Bij de steiger staat net zo'n soort hond als Lisanne heeft. Naar wie blaft het beest? Naar Tommie soms?

Het jochie rent achter een bal aan. Als die in het water terechtkomt en wegdrijft, blijft hij verbaasd staan. Maar niet lang, want plotseling klimt hij de steiger op.

'Waf! Waf-waf!' De hond rent met hem mee over de planken.

'Kijk nou!' Suzan pakt verschrikt Britts arm.

Die begint meteen te roepen: 'Tommie, ga terug!'

Tommie reageert niet en strekt zijn handjes uit naar de bal.

'Niet doen, Tommie!' gilt Britt. 'Blijf staan!'

Dan pakt ze de roeispaan van Joost vast. 'Keer om! Dit gaat vast mis!'

'Hè, wat?' Joost begrijpt niet zo snel wat er aan de hand is. Maar als hij Tommie ontdekt, begint hij als een gek mee te roeien.

'Stop!' commandeert Stijn. 'Zo draaien we niet.'

Joost houdt onmiddellijk de roeispaan stil en Stijn roeit alleen door.

Het lukt hem de boot te keren. Dan steekt Joost zijn ped-
del ook weer in het water en schiet de boot vooruit.
Britt houdt haar ogen niet van de steiger af. 'Tommie, blijf
staan. Wij pakken je bal wel!'
Maar Tommie strekt juist zijn armpjes nog verder uit.
Opeens klinkt er een plons...

Spannende minuten

Verlamd van angst staren Suzan en Britt een paar seconden naar het jochie in het water.

'Tommie!' gilt Britt dan.

'Sneller roeien!' schreeuwt Suzan.

Op hetzelfde moment klinkt er naast hen een plons. Luna heeft razendsnel haar vest uitgetrokken en is het water in gedoken. Met snelle slagen zwemt ze in de richting van het jongetje.

Net op tijd, want zijn hoofd verdwijnt al bijna onder water. Als ze bij hem is, trekt ze hem snel omhoog.

'Ze heeft hem!' roept Britt met tranen in haar ogen. 'Ze heeft hem!'

Stijn en Joost sturen gauw de boot naar Luna, die met veel moeite aan het watertrappelen is.

'Geef Tommie aan mij!' roept Britt dan. Ze hangt zo ver uit de boot dat Suzan bijna bang is dat ze ook in het water valt.

Toch lukt het Britt om hem te pakken. Samen met Suzan sjort ze het jochie in de boot.

Hij hoest een paar keer en huilt geschrokken. Verder lijkt er weinig aan de hand te zijn.

'Stil maar, hoor. We gaan gauw naar mama,' zegt Britt troostend, terwijl ze haar arm om hem heen slaat.

'Ja, mama toe.' Met bange ogen kijkt Tommie om zich heen. Stijn en Joost trekken intussen met veel moeite Luna uit het water.

'Pas op, we kiepen om!' waarschuwt Suzan als de boot plotseling wel erg schuin gaat.

Maar als Luna op de houten bank ligt, is de boot weer stabiel.

'Gaat het?' Suzan kijkt haar bezorgd aan.

'Beetje moe,' mompelt Luna. 'Verder alles oké.' Opeens gaat ze rechtop zitten. 'Maar ik was precies op tijd bij Tommie. Zagen jullie dat?'

'Tuurlijk zagen we dat,' roept Joost. 'Je bent helemaal geweldig! Weet je dat wel?'

'Super-super-supergeweldig!' Britt is nog steeds overstuur en pakt haar hand. 'Nooit geweten dat jij zó hard kon zwemmen!'

'Ja. Daar ben ik wel goed in,' zegt Luna bescheiden. Ze knijpt de pijpen van haar dure trainingsbroek uit.

Stijn en Joost roeien de boot intussen snel naar de steiger.

De hond staat nog steeds te blaffen en Tommies moeder komt eraan gerend. Als ze de kinderen ziet, begrijpt ze meteen wat er is gebeurd.

'Tommie!' roept ze steeds. 'Tommie! Wat deed je nou?' Ze neemt haar zoontje over van Britt en drukt hem stijf tegen zich aan.

'Ikke pele.' Tommie wijst naar zijn bal die nog steeds in het water drijft.

'En ik dacht dat je nog lag te slapen!' Zijn moeder lacht en huilt tegelijk. Dan holt ze weg naar haar caravan. 'Ik kom zo terug, hoor,' roept ze nog. 'Niet weggaan voordat ik jullie heb bedankt!'

Tien minuten later zitten Suzan, Britt en Joost weer buiten bij de stacaravan van Britts vader.

Britt met een droge trui aan. En Joost zonder schoenen. Die staan te drogen in de zon.

Suzan heeft niets uitgetrokken. Wel zijn haar polo en rokje behoorlijk nat, maar die houdt ze gewoon aan.

'Hoe vinden jullie dat ik eruitzie?' Luna komt de caravan uit. Ze heeft kleren aan van Britt.

'Staat leuk, die broek.' Suzan is nog steeds onder de in-

druk van Luna. Ze heeft zich al een paar keer afgevraagd of ze zelf ook het water in gedoken zou zijn.

Waarschijnlijk had ze gewacht tot de boot dichterbij was. Zo goed zwemt ze niet. En misschien was het dan al wel te laat...

Ze schrikt als haar moeder plotseling opduikt naast de caravan.

'Suzan, waar blijf je nou? Je zou toch klaarstaan bij de uit-gang? Weet je wel hoe laat het is?'

Suzan springt op en stamelt: 'Sorry, mam. Maar, eh...'

Joost komt haar te hulp. 'Suus kan er niets aan doen, mam.' Hij begint snel te vertellen. Over het varen. En over Tommie en zijn bal.

'En dat kind is gered?' Suzans moeder is er even stil van. 'Dat is echt geweldig!'

Dan kijkt ze bezorgd naar Suzan. 'Ben je nu niet hartstikke nat?'

'Nee, mam. Luna sprong het water in. Niet ik!' Dat ze natte kousen heeft en dat ook haar rokje nat aanvoelt, vertelt Suzan niet. Voordat ze op het veld is, is alles vast droog.

Veld? Opeens dringt het tot Suzan door dat ze waarschijnlijk veel te laat is. Als ze op haar horloge kijkt, schrikt ze helemaal. Het is al tien over twee.

Paniekerig roept ze: 'Dat halen we nooit!'

Mini van de week

'Rijden, mam. Rijden!' Suzan zit voor in de auto met haar stick tussen haar benen geklemd.

'Even wachten, lieverd.' Haar moeder haalt een zakdoek uit haar tas en veegt vlug een paar moddervegen van Suzans gezicht. 'Mijn Mini van de week moet er wel netjes uitzien.' Dan start ze de auto en geeft ze een flinke dot gas. Ze schieten ervandoor.

'Goed zo, mam!' Suzan moet wel lachen. Haar bange moeder rijdt nu harder dan ooit.

Met piepende remmen stopt ze even later bij het veld, waar Lisanne al staat te wachten.

Suzan stapt gauw uit. 'Sorry dat ik zo laat ben,' zegt ze timide.

Maar Lisanne slaat een arm om haar heen. 'Geeft niks. Britts vader heeft net gebeld, dus ik weet er alles van.'

Ze neemt Suzan mee naar het clubhuis. Daar zitten alle spelers rond een grote tafel.

'Mag ik even jullie aandacht?' Lisanne pakt Suzan bij haar hand. 'Hier is dus onze dappere Mini van de week.'

Iedereen begint te klappen. Suzan krijgt er een kleur van.
'Ik was niet zo dapper, hoor,' zegt ze snel. 'Luna, mijn vriendin, dook het water in.'
'Maar jij hielp toch mee?'
Suzan knikt verlegen en gaat gauw aan de tafel zitten. Ze luistert naar Jan, de coach van het team. Hij heeft het over de opstelling. En over aanvallen en kansen zien.
'Nog vragen?' Jan kijkt de tafel rond.
'Ja, ik heb nog wat.' Lisanne haalt een t-shirt uit haar tas en geeft het aan Suzan. 'Voor jou, een speciaal t-shirt. Zodat iedereen kan zien dat jij onze Mini van de week bent.'
Even weet Suzan niks te zeggen. Wat een mooi shirt! Ze strijkt met haar vingers over de zachte stof.
'Dank je wel!' zegt ze dan blij. 'Kan ik eindelijk mijn natte shirt uitdoen zonder dat mijn moeder het merkt.'
De spelers beginnen te lachen. En als Suzan het t-shirt aantrekt, voelt ze zich opeens heel bijzonder.
'Iedereen klaar voor deze belangrijke wedstrijd?' vraagt Jan dan. 'Dan gaan we kort inspelen. En daarna... ertegenaan!'

Nu is het dus bijna zover, denkt Suzan. Ze merkt dat veel spelers nerveus zijn. En zelf is ze het ook.
Naast Lisanne loopt ze mee naar het veld. Daar staan al een heleboel mensen langs de lijn.
Het lijkt wel of ze allemaal naar haar kijken.
Maar dan let Suzan niet meer op het publiek. Ze mag meedoen met inspelen.

'Gaat goed,' prijst Lisanne algauw.

Suzan moet even op adem komen. Tjonge, wat rennen de spelers hard!

Toch gaat ze door. Ze doet zo goed haar best dat ze alles om zich heen vergeet.

Daarna begint de wedstrijd en mag ze de bal uitnemen.

Ze plaatst haar handen aan haar stick en slaat de bal in de richting van Lisanne.

'Mooie bal!' roept Anniek uit het publiek.

Suzan rent naar de dug-out en zucht opgelucht. Dat is ook weer gelukt!

'Lach eens,' hoort ze dan. Het is Luna. Klik. Ze maakt een foto met haar nieuwe mobiel. Die zat gelukkig niet in haar broek, maar in haar tas.

Dan pas ziet Suzan haar ouders en haar oma langs de lijn. Britt, Joost en Stijn zijn er ook.

Suzan zwaait kort naar hen.

Daarna is haar aandacht weer bij het spel. Ze let vooral op Lisanne. Die staat midden in de voorhoede en pakt alle kansen die ze krijgt.

En opeens weet Suzan één ding zeker: ze gaat proberen net zo goed te worden als zij.

Wie krijgt de bal?

Het wordt een spannende wedstrijd. Beide teams spelen sterk en lange tijd blijft de stand gelijk.

Suzan moedigt zo enthousiast aan dat ze er schor van wordt.

Dan, in de laatste tien minuten, maakt de tegenpartij een overtreding.

'Strafbal!' roept het publiek.

Ze krijgen gelijk. De scheids fluit en een paar tellen later weet Lisanne te scoren.

'Yeah!' Suzan is zo blij dat ze bijna het veld op rent.

Daarna kan ze haast niet wachten tot de wedstrijd afgelopen is. Gelukkig weet Dames 1 de voorsprong te behouden.

Trots staat Suzan even later tussen de spelers op het veld. Lars is druk aan het fotograferen. 'Nu een foto van de Mini van de week?' vraagt hij opeens.

'Ik mag er toch ook wel bij?' Lisanne komt naast Suzan staan. En nadat Lars foto's heeft gemaakt, vraagt ze: 'Hoe vond je het vandaag?'

'Super... superleuk,' antwoordt Suzan. 'Ik hoop dat ik la-

ter ook bij Dames 1 mag spelen. En Luna en Britt willen
dat ook.'
'Zijn dat je vriendinnen?'
Suzan knikt. 'En mijn broer en zijn vriend zijn er ook.' Ze
wenkt hen.
Maar alleen Joost durft dichterbij te komen.
'Jij komt trouwens ook in het clubblad, ' zegt Lars opeens.
'Ik?' Joost, die denkt dat Lars hem wil fotograferen, duikt
verlegen weg achter Suzan. 'Nee, dat wil ik niet!'
'Jammer,' zegt Lars. 'Ik wilde de foto die ik vanmorgen
van jullie heb gemaakt in het clubblad zetten. Met dan als
tekst erbij: "Hockeyhelden redden kind".'

'Bedoel je die foto bij onze boot?' Stijn stapt nu toch naar voren.

Lars knikt. 'Toen ik zonet hoorde hoe dapper Luna is geweest, dacht ik: die foto moet erin.'

'Van mij mag het,' zegt Stijn.

'Ik vind het een heel goed idee,' zegt Britt, die naast hem is komen staan. 'Iedereen moet weten wat een kanjer Luna is.'

'Ja, dat vind ik natuurlijk ook,' zegt Joost. 'Zet die foto er maar in.'

Twee minuten later wordt er een bericht omgeroepen. 'En dan nu de uitslag van de verloting van de wedstrijdbal.'

'Oef, toch vergeten onze briefjes in te leveren,' verzucht Joost. Hij trekt ze uit zijn zak.

'Sukkel!' Toch kan Suzan niet echt boos op haar broer zijn. Na alles wat ze hebben meegemaakt vandaag, snapt ze best dat hij het vergat.

Ze rent met de andere Mini's naar het terras voor het clubhuis en luistert naar wie er heeft gewonnen.

'De bal is voor Stijn van Erk,' zegt de stem.

'Voor mij?' Stijn rent het veld op en laat zich languit op het gras vallen. 'Whoepie! Ik heb de bal!'

Joost duikt boven op hem. En Luna en Britt pakken ieder een arm van Stijn en zwaaien die op en neer.

'Dus jij bent de winnaar?' De voorzitter van de club komt eraan.

'Ja, eh... Ja, dat ben ik!' Stijn springt op en trekt snel zijn kleren recht.

'Dank u wel,' zegt hij beleefd als hij de bal krijgt. 'Hier ga ik veel mee hockeyen.'

'Daar houden we je aan,' roept Britt. 'Zullen we trouwens even uitproberen hoe die bal slaat?'

Stijn loopt weg om zijn stick te halen.

Als hij de bal neerlegt op het gras, klinkt er geblaf. Kato komt eraan. Ze is meegekomen met de moeder van Lisanne.

'Ben je ervandoor gegaan?' Suzan rent de hond achterna en probeert haar riem te pakken.

Maar Kato is veel te snel. Want ze heeft iets leuks ontdekt: de bal van Stijn.

En voordat hij die weg kan slaan, bijt ze erin en holt ze ermee weg.

Stijn blijft even beduusd staan kijken. Dan trekt hij een sprintje. 'Hé, geef mijn bal terug.'

'Rennen, hockeyheld!' roept Suzan hem na.

Wil je meer lezen over de hockeyavonturen van
Suzan, Britt, Luna, Stijn en Joost?

Lees dan ook deel 1 van Supersticks!

Suzan en haar vriendin Luna gaan voor
het eerst hockeyen in een achttal. De
fanatieke Britt komt hun team verster-
ken. Britt is net verhuisd omdat haar
ouders zijn gescheiden, en ze heeft het
daar behoorlijk moeilijk mee. Gelukkig weten haar teamgenootjes Britt op
te vrolijken.
Ze verheugen zich erg op hun eerste
wedstrijd. Maar als het zover is, heeft Luna meer aandacht
voor Suzans tweelingbroer Joost dan voor de bal. En
waarom speelt Britt ineens zo slecht? Lukt het de meiden
dankzij de nieuwe mascotte toch nog om te winnen?

Een topteam! is getipt door de Nederlandse
Kinderjury 2009.

ISBN 978 90 475 0604 1